AF335833

VENTE

Du Samedi 18 Mars 1911

HÔTEL DROUOT, SALLE N° 10

A 2 HEURES

OBJETS D'ART

ET

DE CURIOSITÉ

FAIENCES DE MARSEILLE, ROUEN, ETC.

Porcelaines

OBJETS VARIÉS — BRONZES

EXEMPLAIRE DE H. STETTINER

COMMISSAIRE-PRISEUR

Me HENRI BAUDOIN

Successeur de M. PAUL CHEVALLIER

EXPERTS

MM. MANNHEIM

CATALOGUE

DES

OBJETS D'ART

ET

DE CURIOSITÉ

FAIENCES DE MARSEILLE, ROUEN, ETC.

PORCELAINES

OBJETS VARIÉS — BRONZES

Dont la Vente aux enchères publiques aura lieu

HOTEL DROUOT, SALLE N° 10

LE SAMEDI 18 MARS 1911

à deux heures

<table>
<tr><td>COMMISSAIRE-PRISEUR</td><td>EXPERTS</td></tr>
<tr><td>Mᵉ HENRI BAUDOIN
Successeur de M. PAUL CHEVALLIER
10, rue Grange-Batelière</td><td>MM. MANNHEIM
7, rue Saint-Georges
PARIS</td></tr>
</table>

EXPOSITION PUBLIQUE

Le Vendredi 17 Mars 1911, de 1 heure 1/2 à 5 heures 1/2

CONDITIONS DE LA VENTE

Elle sera faite au comptant.

Les adjudicataires paieront *dix pour cent* en sus des enchères.

Paris. — Imp. de l'Art, Ch. Berger, 41, rue de la Victoire.

DÉSIGNATION

FAIENCES ET PORCELAINES

1 — Deux petites bouteilles : décor de fleurs sur fond bleu. Ancienne faïence de Nevers.

2 — Petit soulier en ancienne faïence de Nevers.

3 — Tonnelet, décor bleu, en ancienne faïence de Nevers.

4 — Hanap avec couvercle : fleurs en couleurs sur fond bleu. Ancienne faïence de Nevers.

5 — Pichet en ancienne faïence de Rouen, décoré de fleurs et d'une réserve : Saint Pierre ; il porte l'inscription : *Pierre Vauquelin, 1778*.

6 — Grande bannette en ancienne faïence de Rouen, décorée d'ustensiles de style chinois.

7 — Assiette : oiseaux et fleurs. Ancienne faïence de Rouen.

8 — Assiette, décor au carquois. Même faïence. Marquée : *Dieu*.

9 — Compotier : rosace en bleu. Ancienne faïence de Rouen.

10 — Compotier : corbeille et guirlandes en bleu. Ancienne faïence de Rouen.

11 — Jardinière-applique, décor de fleurs en couleurs sur fond bleu. Ancienne faïence de Rouen.

12 — Deux petits lions assis en ancienne faïence de Rouen.

13 — Deux statuettes de personnages portant une hotte en ancienne faïence de Lille.

14 — Petite boîte ronde en racine et en ancienne faïence de Moustiers.

15 — Sucrière-balustre, décor bleu, en ancienne faïence de Moustiers.

16 — Fontaine-applique, avec couvercle, en ancienne faïence de Moustiers. Décor d'après Bérain.

17 — Écritoire avec couvercle, décor de fleurs, en ancienne faïence du Midi.

18 — Petit légumier avec couvercle, décor de fleurs, en ancienne faïence du Midi.

19 — Deux corbeilles ovales, décorées de trophées, en ancienne faïence du Midi.

20 — Assiette, décorée de deux Chinois, avec petits quadrillés verts au marli. Ancienne faïence de Marseille.

21 — Deux assiettes, à deux personnages sur l'une, deux oiseaux sur l'autre. Ancienne faïence de Marseille.

22 — Couteau et fourchette : fleurs en vert. Ancienne faïence de Marseille.

23 — Fourchette, décor de rocailles. Ancienne faïence de Lorraine.

24 — Fontaine-applique avec couvercle : fleurs en camaïeu rose et mascarons. Ancienne faïence de Lorraine.

25 — Petit plateau, forme feuille, décor de fleurs. Ancienne faïence de Lorraine.

26 — Compotier rond, festonné, décor de fleurs. Ancienne faïence de Lorraine.

27 — Plateau de surtout en ancienne faïence de
Lorraine, décoré de fleurs.

28 — Tasse, décor de fleurs, en ancienne faïence
de Lorraine.

29 — Jardinière oblongue, décorée de guirlandes de fleurs, en ancienne faïence de Lorraine ou de Sceaux.

30 — Assiette, décor de bleuets. Ancienne faïence
de Niederwiller.

31 — Assiette, ornée d'une rose, avec feuilles au
marli. Ancienne faïence de Lorraine.

32 — Assiette : guirlande de fleurs au marli.
Ancienne faïence de Lorraine.

33 — Deux assiettes à sujets chinois ; filets bleus
au marli. Ancienne faïence de Lorraine.

34 — Deux assiettes : fleurs ; marlis ajourés.
Ancienne faïence de Lorraine.

35 — Petit plat ovale, décor de fleurs. Ancienne
faïence de Lorraine.

36 — Quatre assiettes, présentant chacune un
personnage au centre, avec fleurs aux marlis.
Ancienne faïence de Lorraine.

37 — Petite jardinière quadrilatérale, décor de fleurs, en ancienne faïence de Niederwiller.

38 — Petit plat ovale, orné d'un paysage en bleu et de fleurs en blanc. Ancienne faïence de Saint-Amand.

39 — Deux assiettes, décorées de fleurs. Ancienne faïence de Strasbourg.

40 — Assiette, décorée de fleurs, avec petits quadrillés verts et coquilles au marli. Ancienne faïence de Strasbourg.

41 — Trois assiettes : Chinois sur l'une, deux oiseaux sur l'autre. Faïence des Islettes.

42 — Assiette, ornée d'un paysage. Faïence des Islettes.

43 — Grand plat long, décoré de Chinois. Ancienne faïence de Strasbourg.

44 — Aiguière et bassin, décor de fleurs. Ancienne faïence de Strasbourg.

45 — Assiette, décor de personnages en bleu. Ancienne faïence de Delft. Marque *Roos*.

46 — Assiette : fleurs en couleurs. Ancienne faïence de Delft.

47 — Deux petits présentoirs : fleurs sur fond vert. Ancienne faïence de Delft.

48 — Petite plaque, ornée d'un buste. Ancienne faïence de Delft.

49 — Petit plateau triangulaire, décor bleu. Ancienne faïence de Delft.

50 — Deux petites potiches en ancienne faïence de Delft, à fleurs et médaillons : personnages chinois dans des paysages.

51 — Plaque rectangulaire à angles rentrants en ancienne faïence de Delft, décorée d'un sujet religieux en camaïeu bleu.

52 — Plat, décoré d'oiseaux sur un arbuste, en faïence du xviiie siècle.

53 — Petit plateau de surtout, décoré de fleurs, sur pieds dauphins. Faïence du xviiie siècle.

54 — Deux assiettes, présentant chacune un soldat debout. Faïence française.

55 — Flacon plat en biscuit de Wedgwood : personnages sur fond vert.

56 — Statuette en ancien biscuit : la Candeur sous les traits d'une jeune femme debout.

57 — Petit groupe en ancien biscuit de Locré :
Chasseur et jeune femme.

58 — Petit groupe à sujet galant à deux personnages assis sur des rocailles. Ancienne porcelaine tendre blanche.

59 — Pot ovoïde en terre vernissée vert.

60 — Assiette : fleurs. Faïence italienne.

61 — Assiette : fleurs sur fond gris. Faïence.

62 — Assiette : fleurs. Ancienne faïence de Sa-
vone, fabrique de Jacques Borelly.

63 — Plat rond : oiseaux et fleurs. Ancienne
faïence d'Alcora.

64 — Autre plus petit. Méme faïence.

65 — Plateau rond sur piédouche : personnage
et fleurs. Même faïence.

66 — Présentoir avec inscription : oiseaux et
fleurs. Même faïence.

67 — Fontaine-applique, à deux anses, en ancienne faïence espagnole, décor de branches
fleuries en jaune orangé.

68 — Deux cache-pots analogues à la fontaine précédente. Même faïence.

69 — Sept assiettes : fleurs, avec filets roses à la bordure. Ancienne faïence de Marseille. Fabrique de la veuve Perrin. (Seront divisées.)

70 — Bassin, décor de fleurettes. Ancienne faïence de Marseille.

71 — Plat long, décoré de fleurs, bordure verte. Ancienne faïence de Marseille. Fabrique de la veuve Perrin.

72 — Autre analogue, mais rond. Même fabrique.

73 — Autre analogue, mais creux. Même fabrique.

74 — Deux assiettes analogues. Même fabrique.

75 — Plat ovale à bords festonnés : fleurs et petits montants émaillés roses au marli. Ancienne faïence de Marseille. Fabrique de la veuve Perrin.

76 — Deux assiettes analogues. Même fabrique.

77 — Deux petits cache-pots : fleurs, anses branchages. Ancienne faïence de Marseille. Fabrique de la veuve Perrin.

78 — Présentoir : décor de fleurs. Même fabrique.

79 — Deux jardinières-appliques, décor de fleurs. Ancienne faïence de Marseille.

80 — Fontaine-applique en ancienne faïence de Rouen, décor polychrome à guirlandes de fleurs et lambrequins.

81 — Fontaine-applique en ancienne faïence de Rouen, décor bleu à guirlandes de fleurs et lambrequins.

82 — Couvercle de légumier, décor à la double corne. Ancienne faïence de Rouen.

83 — Jardinière-applique : branchages. Ancienne faïence de Rouen.

84 — Assiette : trophées et rocailles en manganèse. Ancienne faïence du Midi.

85 — Assiette : fleurs, fond jaune. Ancienne faïence de Montpellier.

86 — Légumier avec couvercle, décor de fleurs, bouton de couvercle formé de branchages. Ancienne faïence du Midi.

87 — Pot à crème avec couvercle : fleurs. Même faïence.

88 — Plat rond, décor de style chinois. Ancienne faïence de Delft.

89 — Assiette : oiseaux et haie fleurie. Même faïence.

90 — Compotier octogone en ancienne faïence de Rouen : corbeille de fleurs, avec guirlandes à la chute.

91 — Trois plats creux en ancienne porcelaine de Chine, ornés d'une corbeille de fleurs.

92 — Deux assiettes à bords festonnés : arbustes en fleurs ; marlis vermiculés. Ancienne porcelaine de Chine, époque Kien-lung.

93 — Deux assiettes : décor de fleurs, ancienne porcelaine de Chine, époque Kien-lung.

94 — Petit cache-pot : fleurs. Ancienne porcelaine tendre de Sèvres. Monture en cuivre.

95 — Petit sucrier avec couvercle : fleurs. Ancienne porcelaine tendre de Sèvres.

96 — Pot de toilette avec couvercle : fleurs. Ancienne porcelaine dure de Sèvres.

97 — Tasse avec couvercle : paysage maritime. Ancienne porcelaine dure de Sèvres.

98 — Statuette en ancien biscuit: Fillette assise.

99 — Légumier rond en ancienne porcelaine de Frankenthal, orné de fleurs et muni de deux anses branchages. Pied en bronze.

100 — Jardinière carrée en porcelaine genre Sèvres: fleurs sur fond bleu foncé; contre-fond bleu turquoise.

101 — Groupe en ancienne porcelaine tendre blanche, composé de trois enfants figurant les Arts et les Sciences.

102 — Deux petits groupes en ancienne porcelaine tendre blanche : sujets galants à deux personnages sur terrasses variées à rocailles.

103 — Statuette de bergère debout en ancienne porcelaine tendre blanche.

104 — Statuette d'adolescent debout, accompagné d'un chien, en ancienne porcelaine tendre blanche.

105-108 — Huit figurines de personnages variés en ancienne porcelaine tendre blanche.

109 — Assiette : corbeille de fleurs. Ancienne faïence de Rouen, décor bleu et rouge.

110 — Chocolatière, décor bleu. Ancienne porcelaine d'Allemagne.

111 — Théière, avec couvercle et pot à lait, en porcelaine du commencement du xix⁰ siècle, à décor de compartiments ornés de palmettes séparés par des bandes à fond rouge; entrelacs à guirlandes en dorure.

112 — Panse de flacon en ancienne porcelaine de Chine : fleurs en bleu.

113 — Théière avec couvercle, décor de bleuets. Porcelaine de Nast.

114 — Cuiller en porcelaine de Chine, ornée d'un poisson.

115 — Deux flacons avec bouchons en porcelaine de Jacob Petit, décor de fleurs.

116 — Deux pots à crème avec couvercles, décor de fleurs ; boutons de couvercles forme fraises. Porcelaine de Saxe.

OBJETS VARIÉS

117 — Coffret rectangulaire en bois plaqué d'écaille et orné de cinq panneaux, du XVIIe siècle, en tapisserie au petit point à paysages et habitations, avec animaux et arbustes brodés, en relief.

118 — Petit presse-papier, formé d'animaux, en jade de la Chine.

119 — Petite coupe ronde, à anses prises dans la masse, en jade gris de la Chine.

120 — Petit flacon en jade gris uni de la Chine.

121 — Deux petites jardinières carrées en jade vert de la Chine.

122 — Flacon allemand en verre bleu.

123 — Deux petits groupes : personnage et enfant. Ivoire du Japon.

124 — Statuette en terre cuite d'enfant debout, appuyé sur un dauphin. Italie, XVIIIe siècle.

125 — Statuette en terre cuite de femme debout, amplement drapée. Italie, XVIIIe siècle.

126 — Jardinière en fer damasquiné d'or et d'argent, à décor de fleurons dans des quadrillés.

127 — Plateau rond en cuivre, incrusté de métal, à fleurs et inscriptions. Ancien travail arabe.

128 — Petit buste en plomb de personnage du XVIIIᵉ siècle.

129 — Miniature ovale : Portrait d'officier en uniforme rouge. Fin du XVIIIᵉ siècle. Encadrée.

130 — Croix-reliquaire en bronze et argent : chérubin debout sur des nuées et soutenant la croix. Italie, XVIIIᵉ siècle.

131 — Miniature ronde : Portrait de femme assise dans un fauteuil, tenant un chapeau orné de plumes. Époque Louis XVI.

132 — Coupe lobée en émail peint de Limoges, XVIIᵉ siècle : sujet saint et fleurs.

133 — Deux flambeaux en argent, tige à pans et griffes, bordures de feuilles. Commencement du XIXᵉ siècle.

134 — Écuelle avec couvercle et plateau en argent gravé et doré, à décor de branchages; anses dragons. Commencement du XIXᵉ siècle.

135 — Petite bourse en or.

136 — Montre de dame en or, de la fin du XVIIIᵉ siècle.

137 — Boucle ovale en acier, contenant une miniature en grisaille, d'ancien travail anglais.

138 — Groupe-applique : l'Évanouissement de la Vierge. Composition de quatre personnages. Bois sculpté.

139 — Quatre râpes à tabac en ivoire sculpté, du XVIIIᵉ siècle.

140 — Quatre autres en bois sculpté.

141 — Cadre, de forme contournée, en bois sculpté à rocailles. XVIIIᵉ siècle.

142 — Panneau en cuir partiellement peint, présentant Sainte Madeleine au pied de la croix. XVIIᵉ siècle.

143 — Deux demi-sphères en ivoire sculpté intérieurement en bas-relief, à sujets mythologiques.

BRONZES

144 — Figurine de Marc-Aurèle en bronze. Ancien travail italien.

145 — Deux appliques à trois lumières en bronze à fond de glace, décorées d'un mascaron.

146 — Petite pendule, à mouvement de montre, en bronze doré, ornée d'un factionnaire assis et de sa guérite de part et d'autre du mouvement. Époque Louis XVI.

147 — Petit cheval en bronze. Ancien travail italien.

148 — Petit groupe en bronze patiné : Enfants se battant.

149 — Deux chenets en bronze : Enfants assis sur des rocailles.

150 — Oiseau chimérique en bronze de la Chine.

151 — Brûle-parfums en bronze de la Chine, formé d'une chimère assise.

RED. :

16

MIRE ISO N° 1
NF Z 43-007
AFNOR
Cedex 7 - 92080 PARIS-LA-DÉFENSE

379.89.70
graphicom

0 1 2 3 4 5 6 7 8 9 10